संघर्ष : अनकहा

निखिल तिवारी

मेरी यह पुस्तक मैं अपने पिता श्री रामसुयश तिवारी और अपनी माता श्रीमती ऊषा तिवारी को समर्पित करता हूं क्योंकि मैं आज जो कुछ हूं, मुझमें जो संस्कार है वो सब मेरे माता पिता की देन है। मैं विशेष तौर उन सभी दोस्तों को धन्यवाद देता हूं जिन्होंने मेरी हर कदम पर मदद की है।

क्रम-सूची

आमुख

संघर्ष: अनकहा" जिन्दगी के उस हिस्से पर आधारित है जिसके बारे में आमतौर पर कोई बात नहीं होती । सामान्य जीवन के यह छोटे हिस्से जो इतने अहम नहीं होते पर यह जीवन को सही दिशा देते है। यह पुस्तक रवि जो कहानी का मुख्य किरदार है उसकी जिन्दगी पर उन हिस्सों के प्रभाव के इर्द-गिर्द बुनी हुई है। आज भी ये बात कही जाती है की वक्त लौटकर नहीं आता और उससे भी अधिक बड़ा सत्य ये है की वक्त के साथ लिए गए फैसले बदले नही जा सकते। रवि अपनी जिंदगी में सब कुछ अपने मेहनत और लगन के दम पर हासिल करता है। जिंदगी के इम्तेहान में अक्सर एक सही फैसला आपको बहुत बड़ी सफलता दिलाता है। उसकी जिंदगी के इर्द गिर्द घूमती यह कहानी बेहद रोमांचक है उसकी जिंदगी कैसे आगे चलती है ये उससे भी अधिक खूबसूरत है। एक सामान्य से गांव से बाहर शहर आना और वहां के वातावरण में खुद को ढालना आसान नहीं होता। रवि इन सब हालातों को कैसे संभालता है ये बड़ा प्रश्न सामने निकलता है। उसकी जिंदगी में उसके साथी उसके परिवार वालों ने उसका बखूबी साथ दिया।

ऐसे मुद्दे पर पुस्तक लिखना आसान नहीं होता जिसके बारे में बहुत अधिक बात न होती हो। पूर्वाग्रह एक ऐसा वायरस है जिसका इलाज कभी बना नही या यूं कहूं की बनाने का प्रयास ही नही किया। मैंने इसी मुद्दे पर लिखना पसंद किया क्योंकि आप सब इससे खुद को जोड़ पाएंगे। आप को एहसास होगा की आपके आसपास के लोग और आप खुद भी इस वायरस के शिकार हैं।

आमतौर पर इन सब बातों पर गौर नही किया जाता पर जीवन के हर हालात इस पर निर्भर करते हैं। हम हर दिन कई लोगों से मिलते हैं, पर सबको अपने साथ हमेशा लेकर चलना संभव नहीं होता। किसी को आप बुरा मानते हैं और किसी को अच्छा पर किसी को जाने बिना उसका आंकलन करना न्याय संगत नहीं है। आप की नजर में और नजरिए में फर्क हो सकता है।

किसी का अनुमान या आकलन करना गलत नही परंतु उसका पूर्वानुमान लगाना सरासर ग़लत है इसीलिए मैंने इस मुद्दे का चयन किया था। मेरे आसपास के लोगों और मेरे कुछ दोस्तों ने भी इसे महसूस किया जब उन्होंने समझा की जिसे वो अच्छा समझते आए है दरअसल वो आस्तीन के सांप से अधिक कुछ नहीं।

आशा करता हूं पुस्तक पढ़ कर आप अपनी विचारधारा में बदलाव करेंगे। आपको यह पुस्तक पसंद आएगी ऐसी मेरी आशा है। सादर नमस्कार।

1

अजी ! सुनते हो...... मेरी तो इस घर में कोई सुनता ही नही है। बड़बड़ाते हुए विजया आँगन से बाहर आई।

क्या हुआ भाग्यवान ? क्यों सुबह-सुबह अपने गले को पीड़ा दे रही हो। क्या बात हो गई?

अभी कल ही तुमसे कहा था बाजार से आते वक्त बादाम ले आना पर तुमको कहां कुछ याद रहता है? दिन भर फोन में घुसे रहते हो। अरे... इसके बाहर भी एक दुनिया है। विजया ने गुस्से से कहा।

अच्छा हाँ जरा दिमाग से उतर गया था। अभी लेकर आता हूं कहकर अविनाश बाबू झोला लेकर बाजार की ओर चल पड़े।

दरअसल उनका इकलौता बेटा नौकरी के लिए शहर जा रहा था। आखिर नौकरी मिले भी क्यों ना बचपन से ही पढ़ने में तेज जो था। बस अपने लाडले के लिए उसके पसंदीदा बादाम के लड्डू बनाए जा रहे थे। रवि बार बार माँ से कहता "वहां सब मिलता है माँ तू चिंतामत कर।

हां हां अब तो तेरी नौकरी लग गई है तो तू माँ के हाथ के लड्डू क्यों खाएगा अब तो तुझे छप्पन भोग पसंद आएगा। गुस्से से विजया ने कहा पर इस गुस्से में भी माँ का प्यार साफ दिख रहा था।

ऐसा नहीं है माँ । रवि ने कहा

तो कैसा है? बताना जरा मुझे भी।

मैं बस तुझे परेशान नहीं करना चाहता। अच्छा चल तू लड्डू बना मैं भी जरा अपना सामान बांध लूं शाम को ट्रेन है मेरी। कहकर रवि अपने कमरे में चला गया।

क्या! कमरा, रवि का कच्चा मकान जिसकी हालत पूरी तरह जर्जर थी। यदि कोई उसके घर की दीवार पर ठोकर मार दे तो वह दीवार धरासायी हो जाए। घर की छत पर किसी जाली से भी अधिक छेद थे। बरसात के मौसम में घर के सारे बर्तनों को जिम्मेदारी बढ़ जाती थी। रवि के घर की ऐसी हालत देख के कोई छोटा बच्चा भी कह सकता था की इसे मरम्मत की सख्त जरूरत है।

अविनाश बाबू ने रवि की पढ़ाई के लिए साहूकार से कुछ कर्ज लिया था। वे ली हुई रकम का दोगुना वापस कर चुके थे पर वो कर्ज मानो दिन दूनी रात चौगुनी गति से बढ़ता कभी खत्म होने का नाम ही नही लेता था।

बड़ी हसरत थी अविनाश बाबू की कि उनका बेटा जिंदगी में कुछ करे और उनका नाम रोशन करे तभी तो उसका नाम उन्होंने रवि रखा था। आज उनकी वो ख्वाहिश पूरी होने जा रही थी। एक पिता के तौर पर हमेशा उन्होंने अपनी जिम्मेदारी निभाई और रवि ने भी बेटे का फर्ज बखूबी अदा किया था।

शाम को रवि जाने लगा, रवि को विदा करते हुए विजया की आखों में आंसू थे। विजया पहली बार अपने बेटे से दूर हो रही थी पर अपने हृदय की वेदना को छिपाते हुए बड़ी आसानी से उसने कहा "अपना ख्याल रखना और पहुंचते ही फोन कर देना।"

इसके आगे चाहते हुए भी विजया कुछ नही बोल सकी। उसे समझ आ गया था की यदि उसकी आखों में आसूं आ गए तो रवि बेवजह ही परेशान होगा और उसकी चिंता करेगा।

अविनाश बाबू खुद ही रवि को छोड़ने रेलवे स्टेशन तक गए। उन्होंने सीट के नीचे सारा सामान जमाया। आज उन्हे देखकर यूं लग रहा था मानो गर्व से फूले ना समा रहे हों।

"रास्ते में किसी से लिया कुछ खाना नही और अपना ख्याल रखना। परदेश में किसी से झगड़ा नहीं करना। वे रवि को ऐसे हिदायत दे रहे थे जैसे रवि अभी छोटा बच्चा हो। पर सच ही है मां बाप के लिए उनके बच्चे हमेशा छोटे ही रहते है।

छोटे से गांव से अपनी आखों में बड़े बड़े सपने देखता रवि शहर पहुंच गया। बड़ी बड़ीइमारतें,आलीशान घरों को निहारता वोमेट्रो से अपनी नई ज़िंदगी की शुरुआत करने निकल पड़ा।

"हेलो.....हां मां प्रणाम" रवि ने मां से कहा।

खुश रहो ..मेरे लाल। पहुंच गए शहर? विजया ने पूछा।

हां मां अच्छे से पहुंच गया हूं। रवि ने प्रत्युत्तर में कहा।

ठीक है बेटा मन लगा के काम करना। ज्यादा परेशान नहीं होना।

ठीक है मां तुम चिंतामत करो। कहकर रवि ने फोन काट दिया।

2

अगली सुबह दफ्तर पहुंच कर रवि ने नौकरी ज्वाइन की और पूरी लगन से अपने काम में लग गया।

अजी! सुनते हैं। विजया ने अविनाश बाबू को आवाज दी।

हां बोलो क्या हुआ? अविनाश बाबू पास आते हुए बोले।

आइए खाना खा लीजिए। विजया ने कहा।

सच कहूं तो जब से रवि गया है तब से मेरा मन ही नही लगता। अविनाश बाबू जरा भावुक होकर बोले।

मेरा हाल भी वैसा ही है,कभी कभी लगता है अभी बाहर से आएगा और बादाम के लड्डू मांगेगा। विजया ने कहा

दोनो की आंखे नम थी पर बेटे के भविष्य के लिए ये करना जरूरी था। विजया और अविनाश बाबू ने बेमन से खाना खाया और सोने की असफल कोशिश करने लगे।

सुमित जो अभी नया नया ही आया था उसकी दोस्ती रवि से हो गई। सुमित एक जिंदादिल इंसान था। उसे अपनी जिंदगी खुलकर जीने का शौक था। उसकी ख्वाहिश एक आजाद और मस्ती भरा जीवन जीने की थी।

रवि शर्मीला और उम्मीदों से भरा इंसान था। वह दूसरों की खुशियों को देखकर ही खुश हो जाता था। रवि और सुमितदोनो एक दूसरे से बिलकुल अलग थे। दोनों का स्वभाव किसी चुम्बक के उत्तरी और दक्षिणी ध्रुव के समान था पर मजे की बात ये थी कि दोनो एक दूसरे के साथ खुश ही देखे जाते थे। रवि और सुमित एक दूसरे का साथ पाकर खुद को पूरा

महसूस करते थे।

रवि और सुमित ऑफिस के पास ही एक कॉफीशॉप में हरदिन चाय पीने के लिए निकलते और साथ बैठकर खूब सारी गपशप करते। यही वो जगह थी जहाँ दोनो पहली बार मिले थे। सुमित की दोस्ती मिलना रवि के लिए किस्मत की बात थी क्योकि कहीं न कहीं उसे शहर में एक ऐसे शख्स की जरूरत थी जो उसे शहर के की ये आदत डालने में मदद कर सकता था।

सुमित को साथ पाकर रवि अपने बचपन के दोस्त अमन की अवसर याद करता | अमन और रवि दोनो साथ ही रहते थे और साथ ही पढ़ाई करते। दोनों के माता- पिता और पूरा गाँव उन्हीं पिछ्ले जन्म का भाई कहा करते थे। एक साथ दोनों ने अपना बचपन जिया था। रवि आज भी याद किया करता जब एक बार मास्टर जी ने उसे मारा था तो कैसे अमन उनसे भिड़ गया था। यह अलग बात है कि फिर बाद में अमन की भी पिटाई हुई थी पर अमन ने रवि कहे खातिर वह मार भी सह लियाशहर में रोटी और कपड़े का जुगाड तो था पर रवि को अभी मकान की तलाश थी। फिलहाल रवि एक होटल में था पर कब तक रहता इसीलिए उसने अपने लिए छोटा सा घर तलाशने के लिए सुमित को भी साथ में ले लिया।

कहीं दोनो को घर पसंद आता तो उसका किरायाबजट खराब करता तो कही किराया कम होता लेकिन कमरा दोनो को पसंद ही नही आता। काफी तलाश के बाद उन्हें एक मकान मिल गया जो हर तरह से रवि के लिए उचित था। दोनो ने बड़ी मशक्कत सारा सामान जमाया। बाजार से सारी जरूरत का सामान मंगाया गया। एक नए नए शहरी का कमरा कैसा दिखता है यदि किसी को देखना हो तो रवि का आशियाना बिलकुल सही जगह थी। कमरा सजाने के बाद तय हुआ कि रवि एक छोटी सी पार्टी देगा।आमतौर पर किसी छोटी सी सफलता पर पार्टी लेना या देना बस दोस्तों के साथ यादगार लम्हा बिताने का बहाना होता है और भला सुमित के साथ ऐसा पल रवि कैसे चुकता सो उसने पार्टी की सहमति दे दी।

सुमित के जाने के बाद रवि अपने कमरे को ऐसे देख रहा था जैसे कोई पक्षी अपना घोंसला बनाने के बाद निहारता है। अपने नए कमरे को

देख कर ऐसे खुश हो रहा था जैसे उसने बहुत बड़ा मुकाम हासिल कर लिया था।

3

अब रवि ने भी नियमित ऑफिस जाने का क्रम शुरू किया। उसकी जिंदगी आहिस्ता आहिस्ता आगे बढ़ रही थी। रवि को नौकरी में कुछ महीने बीत चुके थे। उसके टूटे घर की मरम्मत का सिलसिला भी धीरे धीरे चलने लगा। साधारण दिनों से इतर शनिवार की शाम ऑफिस में एक भीनी सी खुशबू ने रवि का ध्यान खींचा। उसने देखा एक खूबसूरत सी मुस्कान लिए kojलड़की फोन पर किसी से बात कर रही है। रवि की निगाहें ठहर गई। वह विचार शून्य होकर बस उसको निहारता ही रह गया। सुमित के फोन से उसकी तंद्रा टूटी।

“और भई क्या हो रहा है? सुमित ने मस्तमौला स्वर में कहा।

कुछ नही ऑफिस से निकलने वाला हूं। आज काम थोड़ा ज्यादा था तो देर हो गई। रवि ने कहा

तो कल क्या है याद है ना ? सुमित ने प्रश्न किया।

नही कल तो कुछ भी नही हैं। रवि ने कहा।

हां भूल ही जायेगा, तुझे कहां कुछ याद रहेगा कुछ। सुमित ने तंज कसते हुए रवि से कहा।

अरे मुझे भुला नहीं है बस काम के चक्कर में जरा सा दिमाग से निकल गया है। रवि ने सफाई दी।

अच्छा वाह वाह तो इसको भूलना नहीं कहते है? सुमित ने ताना मारा।

ओह हां अब मुझे याद आ गया कल पार्टी है। रवि ने कहा

शुक्र है भगवान का इस भुलक्कड़ को याद दिला दिया वरना कल की मेरी पार्टी तो होती ही नहीं। सुमित ने एक बार और तंज कसा।

हां... हां.. जैसे मैं ही सबकुछ भूलता हूं। रवि ने कहा

अच्छा बाबा तू कुछ नही भुला बस, पर ये तो बता पार्टी की तैयारी कर लिया है ना? सुमित ने पूछा

हां कल सुबह तैयारी कर लूंगा। रवि ने आश्वस्त करते हुए कहा।

चल ठीक है कर लेना ध्यान से और इस बार कुछ भूलना नहीं। सुमित ने चुटकी ली

तू नही सुधरेगा। कहते हुए रवि ने फोन काट दिया।

वैसे तो रवि हर शुक्रवार से ही खुश हो जाता था क्योंकि संडे का दिन और सुमित का साथ रवि का पसंदीदा हुआ करता है पर जाने क्यूं आज रवि ने वो जोश कहा गया। उसे कुछ भा ही नही रहा था। वह ना जाने किन खयालों में डूबा हुआ था। यही ख्याली पुलाव पकाते पकाते उसे कब नींद आ गई उसे पता ही नहीं चला।

सुबह भी उसका मन बेचैन बेचैन था वह जाने कहां खोया हुआ था पर उसने जल्दी जल्दी पार्टी की तैयारी की। सुमित के लिए बियर की बोतल और कुछ सिगरेट साथ में अपने कोल्डड्रिंक और खाने के लिए भी अच्छा मेन्यू था। रवि नशे से दूर रहता था पर सुमितबियर पीता है यह बात रवि को पता सो उसने सारा इंतजाम कर रखा था।

सारी व्यवस्था के बाद जैसे ही सुमित को फोन लगाने के लिए उठा तभी पीछे से आवाज आई

“सरप्राइज”....

4

रवि ने चौंक के पीछे देखा तो सुमित के साथ दो लोग और भी थे।

क्या बात है। मैं बस अभी तुझे कॉल लगाने के लिए ही उठा था। रवि ने सुमित से कहा।

देख तुने याद किया और मैं सामने हाजिर। सुमित ने मुस्कुराते हुए कहा।

आ तुझे इनसे मिलाऊ ये हैं आदित्य और शिवम। ये दोनो यही रहकर सिविल सेवा की तैयारी करने आए है मेरे फ्लैट के बगल में ही रूम लिया है सोचा तुझे मिला दूं।

बहुत अच्छा किया मुझे भी दोनो से मिलकर बहुत खुशी हुई। रवि ने औपचारिक खुशी जाहिर की।

और तू पढ़ने में भी होशियार है तो इनकी थोड़ी मदद भी कर दिया करेगा। सुमित ने रवि से कहा।

कहे का होशियार अब तो नौकरी के तनाव में सब भूल गया है। रवि ने कहा जरूर पर उसके चेहरे के भाव अंदर के गर्व की थाह साफ साफबयां कर रहे थे।

रवि ने शिष्टाचार के नाते शिवम और आदित्य को भी पार्टी ज्वाइन करने के लिए कहा। पहले तो दोनो शर्मा रहे थे पर थोड़ी ही देर में दोनों रवि के साथ भी घुल मिल गए।

सुमित रवि को सिगरेट के धुएं से छल्ले बना कर दिखा रहा था। हालांकि रवि को ये सब पसंद नही था फिर भी सुमित के खातिर वो खुश होता रहा।

"रवि तू परेशान है? क्या हुआ?" रवि के भाव देख कर सुमित ने कहा।

नही ऐसा कुछ भी नहीं है। मैं खुश ही तो हूं। रवि सकपकाते हुए बोला।

"झूठ, अरे यार अब तू मुझसे भी बातें छुपाएगा?" गुस्से से सुमित ने कहा।

सच में ऐसा नहीं है मैं वाकई खुश हूं। रवि ने झूठी मुस्कान लाते हुए कहा।

भले ही रवि ने कह दिया कि वह खुश है पर वह बेचैन जरूर था। वह तो उस लड़की की मुस्कान और उसका खूबसूरत चेहरा अपने खयालों से निकाल ही नही पा रहा था।

यकीनन सच्चे मित्र वही होते हैं जिसे आप भले कुछ न बताएं पर वो आप के चेहरे से ही आपकी परेशानी को समझ जाए। बेशक सुमित भी रवि का ऐसा दोस्त था जो उसके बिना कहे ही उसके मन की सारी बातें जान जाता था। सुमित के बार बार कहने पर उसने सारी बात बता दी।

"ओह...हो.. तो लड़के को इश्क का बुखार हुआ है। अब देख भाई इसमें मैं कुछ नहीं कर सकता। इसका इलाज तो अब वही मैडम करेंगी जिन्होंने आपको ये बुखार दिया है।" सुमित ने रवि को छेड़ते हुए कहा।

"आए... हाय.. देखो तो शर्म से लाल चेहरा।" आदित्य भी रवि की चुटकी लेने लगा।

शिवम ने भी मस्ती भरे स्वर में कहा "क्या नाम है भाभीजी का?"

तीनों ने जोरदार ठहाका लगाया।

"अरे! मैं बस बता रहा हूं। अभी ऐसा कुछ भी नही है और तुम सब मुझे छेड़े जा रहे हो। मैं इसीलिए नही बता रहा था। रवि ने शिकायत की।

अच्छा चल तू परेशान न हो कल देखते है कौन है। सुमित ने तो जैसे रवि के दिल की बात कह दी हो। उसके बाद सबने पार्टी का आनंद लिया और शाम को सुमित और बाकी सब घर चले गए।

5

सोमवार को रवि की निगाहें उसी लड़की की तलाश करने में लग गईं। तभी सामने से वो लड़की खुद ही रवि के पास आई और बोली।

"एक्सक्यूजमी"

"ओ..... ओ.. हां... कहिए" रवि बडबडा सा गया।

"हाय! मेरा नाम मेघा है।"

"हेलो मैं रवि। आपकी क्या मदद कर सकता हूं।"

"असल में मैं यहां नई हूं। क्या आप मुझे बता सकते हैं की पाठक सर कहा मिलेंगे?" मेघा ने पूछा

"हां जरूर.. वो वहां बैठे हैं।" रवि ने हाथ से इशारा करके बताया।

"थैंकयू " कहकर मेघा वहां से चली गई।

रवि तो मानो बिना शराब पिए ही नशे में सराबोर हो गया। उसे जैसे किसी लॉटरी में पहला इनाम लगा हो वो ऐसे खुश हो रहा था। आज दिन भर रवि काम के दौरान मेघा से मुलाकात का पल याद करता रहा।

रवि सुमित को इस मुलाकात के बारे में बताना चाहता था। जैसे पहले स्कूल में आज क्या हुआ यह बात मां को बताने हम कैसे व्याकुल रहते थे ठीक वैसे ही रवि आज बिलकुल छोटा बच्चा हो गया था।

जब आप छोटे बच्चे थे और ढेर सारे सपने और उम्मीदों से भरे रहते थे। कल्पना करिए कभी आप कोई डरावना सपना देखते है तो कैसे आप चौंक जाते है?

रवि की अगली अगली सुबह बेहद अलग थी इस सुबह में कुछ अच्छा नही था बल्कि यह अधिक भयावह थी। रवि ने समाचार पत्र पर खबर

पढ़ी कि एक युवती की सड़क हादसे में मौत हो गई थी। इस बात ने उसकी चिंता बढ़ा दी कि मृतका का नाम मेघा था।

रवि स्तब्ध रह गया और फूट फूट कर रोने लगा जैसे मेघा उसकी अपनी हो। वह झटपट तैयार होकर ऑफिस के लिए निकल गया। वह बार बार दुआ करता की काश ये मेघा कोई और ही हो। वह भगवान को भी चढ़ावे और भोग की रिश्वत देने लगा। आज तो रास्ते का शायद ही कोई मंदिर होगा जिसमे रवि ने मन्नत न मांगी हो। जैसे ही रवि ऑफिस के सामने पहुंचा और अंदर जाने लगा तभी......

“ओह! हाय... वीर” पीछे से एक स्वर आया

पीछे मुड़ते ही रवि की खुशी सातवें आसमान पर पहुंच गई। यह स्वर किसी और का नहीमेघा का था।

“हाय पर मैं वीर नही मेरा नाम रवि है।“ रवि मुस्कुराते हुए बोला।

“सॉरी.. वो मैं जरा कन्फ्यूज हो गई थी।“ अपराधबोध से मेघा ने कहा।

“नहीनही माफी मांगने जैसी कोई बात नही है।“ रवि ने मेघा से कहा।

“क्या बात है रवि जी.. आज आप बहुत खुश लग रहे हैं। मेघा ने चुटकी ली।

“हां... बस यूं ही।“ रवि ने कहा पर खुशी की वजह नही बताई। बताता भी क्या बेचारा की अभी अभी तुम्हारे शोक से उभरा है।

“रवि! यदि तुम बुरा न मानो तो एक बात कहूं?” मेघा ने पूछा।

बिलकुल कहो मैं मैं बुरा नही मानूंगा। रवि ने कहा।

“आपने टाईउल्टी पहनी है।“

“अरे हां आज जल्दी जल्दी में ध्यान नहीं दिया।“ रवि ने सफाई दी।

“लाइए मैं सुधार देती हूं ऐसा कहकर मेघा उसकी टाई सुधारने लगी।“ रवि मेघा को अपनी टाई सुधारने देख बहुत खुश हो रहा था। इसके बाद दोनों एक दूसरे को बाय बोल कर चले गए।

रवि दिन भर उस टाई को संभालता रहा उसका मन तो उसे फ्रेम कराने का था पर क्या करें वो ऐसा कर नही सकता था।

शाम ढल चुकी थी सुमित रवि के पास आया और बोला

“तो बात यहां तक पहुंच गई और हमको पता भी नही।“

"क्या हुआ सुमित कौन की बात और ये तू क्या बोल रहा हैं? रवि ने आश्चर्य से कहा।

"अच्छा जी! अब आप झूठ भी बोलेंगे। ठीक है ठीक है मत बता । मैं कौन सा तेरा अपना हूं। सुमित ने भावुक होने का नाटक करते हुए कहा।

"अरे पगला तू ही तो मेरा सच्चा यार है पर बता तो हुआ क्या मुझे सच में नही पता तू किस बारे में बात कर रहा है।

मेघा और तेरी बात। सुमित ने कहा

हां तो बताया तो था तुझे उसके बारे में। रवि बोला।

तूने बताया तो था पर इतने करीब आ गए ये बात कब बताई तुने।" सुमित ने शिकायत की

किसने कहा भाई! ऐसा कुछ नही है। सुमित को समझता हुआ रवि बोला

अच्छा वह तेरी टाई सुधार रही थी। कौन करता है ऐसा?

मैने सब देखा है चल जल्दी से बता। सुमित ने उत्सुकता से पूछा।

जैसा तू सोच रहा है वैसा नही है। आज जल्दी जल्दी में टाईउल्टी पहन आया था तो वो बस उसको सुधार रही थी।" रवि ने सफाई दी।

"ओह! ये बात पर तुम दोनो साथ में अच्छे लग रहे थे।" सुमित ने रवि को खुश करते हुए कहा।

रवि शर्मा गया और बाय बोलता हुआ निकल गया।

कहते हैं ना मोहब्बत वक्त की मोहताज नहीं होती इसे जब होना होता है हो ही जाती है। वैसे ही रवि भी अब समझ गया था की उसे मेघा से मोहब्बत हो गई थी।

6

रवि को शहर आए एक साल से अधिक हो गए थे पर अभी उसे घर के हालातों को बदलना है यह बात वह लगभग भूल सा गया था। उसकी आमदनी का एक बड़ा हिस्सा वह खुद ही खर्च कर देता कभी मेघा को महंगी कॉफी पिलाकर और कभी सुमित के साथ पार्टियों में।

इधर साहूकार हर दिन अविनाश बाबू को कर्ज की रकम के लिए तंग करता। अविनाश बाबू इन सब से काफी परेशान थे।

एक दिन काम के सिलसिले में रवि के बॉस ने उसकी अच्छी क्लास ली और चेतावनी भी दी की अगर वह ना सुधरा तो उसे नौकरी से निकाल दिया जाएगा। बेचारा रवि परेशान हो गया।तभी रवि का फोन बजा उसने देखा की अविनाश बाबू का फोन है।

“चरण स्पर्श.. प्रणाम पापा” रवि ने अभिवादन किया।

“खुश रहो मस्त रहो और बताओ कैसे हो। अविनाश बाबू ने कहा।

ठीक ही हूं पापा आप बताइए कैसे हैं? रवि ने पूछा।

मैं भी ठीक हूं बेटा। तुमसे एक काम था। अविनाश बाबू ने कहा

हा बताइए पापा क्या काम था? रवि ने पूछा।

वो सेठ से जो कर्ज लिया था उसी के लिए वो रोज तंग करता है बेटा अगर तुम्हारे पास कुछ पैसे हों तो दे दो अभी कुछ दिन तक उसे शांति मिले। उसके बाद आराम से देते रहेंगे। अविनाश बाबू ने कहा।

“कहां से होंगे पापा अभी महीने का अंत चल रहा है और यहां भी खर्च है। रवि ने बताया

अच्छा बेटा कोई बात नही तुम अपना ख्याल रखना और चिंतामत करना। सेठ को अगले महीने पैसे दे देंगे। अविनाश बाबू ने यह कहकर फोन काट दिया। उनकी चिंता उनकी बातों से स्पष्ट रूप से समझ आ रही थी पर वह इस आश में थे कि अगले महीने रवि पैसे भेज देगा।

रवि को इसी बीच सुमित से पता लगा की एक तारीख को मेघा का जन्मदिन है। वह बहुत खुस हुआ और उसने मेघा को एक सरप्राइज़गिफ्ट देने की बात सोची। पर उसे समझ नही आ रहा था वह क्या तोहफा दे मेघा को जो उसे पसंद भी आए। ऐसे वक्त में उसे सुमित की याद आई और उसे लगा की सुमित ही कोई अच्छा सुझाव दे सकता है। आज वह ऑफिस से सीधा सुमित के कमरा पहुंच गया। रवि ने सुमित से सारी बात बताई और तोहफे के लिए मदद मांगी।

सुमित के साथ शिवम और आदित्य भी थे। शिवम ने उसे रिंग देने और साथ ही साथ उसे अपने प्यार का इजहार करने का भी सुझाव दिया। सुमित और आदित्य ने भी शिवम के सुझाव के साथ सहमति जताई। रवि को भी यह पसंद तो आया पर उसे डर लगा कहीं मेघा को बुरा न लग जाए। पूरी 2 रातें काफी सोच विचार के बाद आखिर रवि ने ठान लिया की वह यही करेगा।

वह दिन आ गया जिसका इंतजार रवि बड़ी बेसब्री से कर रहा था। रवि की धड़कने आज सुबह से ही कुछ तेज भाग रहीं थी। अपनी तरफ से उसने मेघा के लिए एक केक के साथ लाल गुलाबों का एक खूबसूरत सा गुलदस्ता लेकर आया। मेघा आज काले रंग के कपड़ों में ऐसे लग रही थी मानो चांद काले बादलों में छिपना चाहता हो। आज वह बेहद खूबसूरत लग रही थी। मेघा को देखते ही रवि होश खो बैठा। उसकी धड़कन और तेज होती जा रही थी उसकी हालत ऐसे थी कि उसे एसी में भी पसीने आ रहे थे।

रवि सुमित के पास गया और बोला

“यार मुझसे नही होगा मैं ये नहीं कर पाऊंगा।“

तू कहां ये सब सोच रहा है तू कर लेगा मुझे यकीन है। सुमित ने रवि को हिम्मत देते कहा।

पर यदि उसने मना कर दिया तो पूरी ऑफिस में मेरी क्या इज्जत रह जायेगी? रवि आशंकित होकर बोला।

ऐसा कुछ नही होगा तू ज्यादा मत सोच और चुपचाप अपने प्यार का इजहार कर दे। ज्यादा अगर मगर में पड़ेगा तो कोई और तेरी मेघा को ले जायेगा और तू बस देखता रह जायेगा। सुमित समझाते हुए बोला। मेघा के केक काटते ही हैप्पी बर्थडे.. टू ..यू... की आवाज चारो तरफ फैल गया। मेघा ने केक की पहली बाइट रवि को खिलाई और उसके बाद सबकी ओर केक बढ़ाया।

रवि घबरा तो रहा था पर घुटने पर बैठकर बिलकुल फिल्मी स्टाइल मेघा से अपने प्यार का इजहार करते हुए बोला

" आई लवयूमेघा.... विलयूमैरीमी?"

रवि.. तुम बहुत अच्छे हो पर.... मैं किसी और को पसंद करती हूं। ऐसा कहते हुए मेघा ने पास खड़े सुमित को प्रपोज कर दिया।

7

रवि हैरान रह गया उसके पैरो तले जमीन खिसक गई। रवि चुपचाप घर चला आया और कई दिनों तक काम पर ही नही गया। उसका दिल टूट गया,आखिरमेघा उसका पहला प्यार थी। एक इंसान सबकुछ भूल सकता है सिवाय उसकी पहली मोहब्बत के। रवि तो वैसे भी कोमल हृदय का था उसे तो बहुत गहरा सदमा लगा था।

एक दिन रवि के फोन की घंटी बजी उसने फोन उठाया और बोला "हेलो...प्रणाम पापा।"

"खुश रहो बेटा। बेटा वो पैसे किए फोन किया था। कब भेज रहे हो? अविनाश बाबू बड़ी आशा से बोले

"जब देखो पैसे पैसे कभी बेटे के हाल पूछने तक को फोन नही किया रवि ने उखड़े स्वर में कहा।

ऐसा नहीं है बेटा। वह सब तुम्हारी पढ़ाई के लिए..........

"हां सालों से सुनता आ रहा हूं मेरी पढ़ाई के लिए लिया था तो किसने कहा था आपसे? मैने तो नही कहा! और अगर लिया भी था तो ये आपका फर्ज था। बीच में बात काटते हुए रवि ने कहा

अविनाश बाबू ने फोन काट दिया। जैसे किसी ने उनका सबकुछ लूट लिया वह बिल्कुल बेहाल दिखाई दे रहे थे। एक पिता सदैव अपने पुत्र के लिए जीता है पर अपने पुत्र का यह व्यवहार उन्हे भीतर तक तोड़ गया। घर आकर वह लेट गए। विजया ने पूछा पर उन्होंने कुछ नही बताया। वह कहते भी तो क्या?

अविनाश बाबू पलंग पर लेट गए और गहरी नींद में सो गए जिस नींद को जिंदगी की पूर्णता कहते है। वह ऐसे सोए कि कभी उठे ही नही। शायद अपने जिगर के टुकड़े के पत्थर जैसे शब्दों ने उनके दिल को लहूलुहान कर दिया। उनका दिल इसे सहन ही नही कर सका। और एक पल में ही उनकी धड़कनें हमेशा के लिए उस टूटे दिल को अलविदा कह गईं।

इधर जब साहूकार घर के बाहर पैसे मांगने आया तब विजया अविनाश बाबू को उठाने के बाद भी वह नही उठे तो विजया चिंतित हो गई।

डॉक्टरकोबुलायागयाऔरउसनेदेखतेहीविजयाकोकहाकिअविनाशबाबूनहीरहे

नहीं................................ जोर जोर से विजया चिल्लाने लगी। ऐसा नहीं हो सकता डॉक्टर साहब जरा ठीक से देखिए ना बेचारे थक गए थे इसीलिए सो गए थे। भगवान के लिए कह दीजिए यह झूठ है।

"देखिए विजया जी यह सच में मर चुके हैं। संभालिए खुद को।" डॉक्टर ने समझाया

चीख पुकार सुनकर गांव के लोग एकत्रित हो गए।

किसी भी स्त्री का सबसे कीमती गहना उसका मंगल सूत्र और माथे पर एक चुटकी सिंदूर होता है। यह एक ऐसा अनमोल गहना है जिसकी कीमत तो बहुत कम है पर उसका होना उस स्त्री को पूर्णता प्रदान करता है।विजया का यही गहना आज हमेशा के लिए उससे दूर हो गया था जिसकी कीमत अविनाशबाबू की अंतिम सांस थी।

आज विजया का सब कुछ अविनाशबाबू के साथ ही चला गया बस कुछ था तो उसके जिगर का टुकड़ा रवि और वह कच्चा मकान जिसकी टूटी फूटी जर्जर दीवारों में अविनाशबाबू का विजया के लिए प्रेम रखा था।टूटी फूटी खपरैल जिससे अविनाशबाबू की विजया और रवि के लिए परवाह और फिक्र की धूप आती थी।

एक तरफ रवि मेघा को खोने के शोक में और पिता के पैसे मांगने के कारण अपने फोन को बंद कर चुका था वही दूसरी तरफ विजया लाचार थी उसकी गोद में उसके पति का मृत शरीर पड़ा था। विजया ने सुमित को फोन किया और सुमित के बारे में पूछा तो सुमित ने कहा कि पिता से हुए झगड़े के बाद से ही रवि नही दिखा। मैं देखता हूं कहा गया है? पूरी

बात सुनने से पहले ही विजया ने फोन काट दिया।

साहूकार इतना बेरहम था की उसने विजया और अविनाशबाबू को घर से निकाल दिया।विजया अपने पति के मृत शरीर के साथ सड़क पर आ गई थी। जिस घर में बड़े अरमानों के साथ विजया की डोली आई थी आज उसी घर से उसे ऐसे वक्त में निकाला गया जिस वक्त उसके पति को कंधा देने वाला भी कोई नही था। कितने करीने से उसने इस कच्चे मकान को सजाया था और आज साहूकार के आदमियों ने कितनी बेदर्दी से उसे उजाड़ दिया।

जिंदगी जिस बेटे की खुशियों में गुजार दी जिसकी ख्वाहिशें पूरी करने के लिए अपने सारे शौक मार दिए आज अविनाशबाबू की आत्मा चीख चीखकर रवि को पुकार रही थी पर शायद यह चीख भी शहर के शोरगुल में खो गई।

स्वाभिमान की पराकाष्ठा का आज जीता जागता उदाहरण बन गई थी विजया। सारे गाँव के सामने हाथ फैलाने से बेहतर उसने अपने कंधे पर अविनाशबाबू की अंतिम यात्रा निकाली।जिस हाथ से कभी उसने प्यार से उनके सिर पर हाथ फेरा था आज उसी हाथ से उसने उनका अंतिम संस्कार किया।

कभी कभी हालात इंसान को इतना मजबूत बना देते हैं कि लगता है मानों उसमे संवेदनाएं शून्य हो चुकीं है।लगता है जैसे उनके अंदर ईश्वर ने एहसास ही नही बनाए।सच है जब जब स्त्री है खुद को अकेली पाती है तब तब उसने खुद को महाकाली का स्वरूप दिया है।

गांव में कही से जब रवि को सच्चाई पता चली तो वह भागा भागा गांव पहुंचा पर तब तक बहुत देर हो चुकी थी।

8

सड़क पर पड़ा सामान और उसके किनारे अस्थि कलश लिए बैठी विजया पत्थर की मूरत जैसी बैठी थीबस फर्क इतना था कि यह मूरत सांस लेती थी। विजया ने रवि को देखकर भी कोई प्रतिक्रिया नहीं दी।वह भाव शून्य हो कर वैसी ही बैठी रही।

"मां...मां... मुझे माफ कर दो। रवि रो रहा था।

"......................"विजया ने कोई जवाब नही दिया।

मां कुछ तो बोल .... डांट मुझे।

तेरे पिता नही रहे और तू एक बार भी मेरा फोन नही उठा सका। "अरे! पत्थरदिल, बेरहम सारी जिंदगी वो तुझे खुद से ज्यादा मानते रहे और तू उनके अंतिम वक्त में भी उनका साथ न दे सका।" विजया लगभग चीखते हुए बोली

"मुझे माफ कर दे मां ....।" रवि अभी भी रो रहा था उसके आसूं नही थम रहे थे।

हत्यारे खूनी तुझे शर्म नही आती मुझसे माफ़ी मांगते हुए। तेरी खुशियों के खातिर उन्होंने न जाने क्या क्या किया। उन्होंने अपने सारे सपने तक तेरी खुशियों के लिए कुर्बान कर दिए और तूने उन्हे ही मार डाला। चलाजा......चलाजा मेरी नजरों से दूर और दोबारा अपना ये खूनी चेहरा मुझे मत दिखाना।

"मुझे एक बार माफ कर दे मां बस एक बार।" रवि पछ्ता रहा था।

"चला जा यहां से............।" विजया के चेहरे का भाव देखकर रवि डर गया। लाल बड़ी बड़ी आंखें बेखौफ थी।विजया का ये रूप रवि के सामने

पहली बार आया था। वो करता भी क्या चुपचाप मां के पैर छूकर वापस आने लगा। आज पहली बार विजया ने अपने बेटे को आशीर्वाद तक नही दिया था।

समय जब परीक्षा लेता है तो वह बड़ा ही बेरहम और बेदर्द हो जाता है।वक्त ने एक झटके में ही हंसते खेलते और उम्मीदों से भरे परिवार को तोड़ दिया। एक तरफ रवि के पिता नही रहे तो दूसरी तरफ उसकी मां ने भी उससे मुंह मोड़ लिया था। इधर कई दिन काम पर न जाने से उसे नौकरी से निकाला जा चुका था। मेघा को खोने का दुख तो था ही। कहते है कभी कभी जिंदगी इतनी बेरहम हो जाती है की नरक भी सुहावना लगने लगता है।

रवि को जिंदगी ने ऐसे मोड़ पर ला खड़ा किया जहां चारो तरफ ऐसा अंधकार था की वह खुद को भी महसूस नहीं कर पा रहा था।वह है भी या नहीं उसे इसका भी आभास नहीं हो रहा था।

9

जब व्यक्ति अंदर से टूट चुका होता है तब उसकी समझदारी खत्म हो जाती है।और नासमझी के रास्ते की मंजिल अक्सर खुद की ही बर्बादी पर खत्म होती है। रवि की नियति ने उसे नासमझी के इसी रास्ते पर धकेल दिया। रवि नियति के दिखाए इसी रास्ते पर चल पड़ा था। बिना सोचे समझे और किसी से बात किए बिना उसने सुमित को अपना दुश्मन मन बैठा।उसे लगने लगा सुमित ने जानबूझकर उसका मजाक बनाने और उसका दिल दुखाने के लिए मेघा को प्रपोज करने को कहा जबकि वो पहले से ही एक दूसरे को पसंद करते थे। सुमित ने ही मां से फोन में उसके कान भरे थे और उसकी मां से भी उसे अलग कर दिया।

गजब विडंबना है ना ये किस्मत की कल तक सुमित को अपना यार,भाई और न जाने क्या क्या मानने वाला रवि आज उसे अपना दुश्मन समझ बैठा था। जिसके लिए कभी कभी उसके मन में प्यार, सम्मान और इज्ज़त थी उसके लिए आज उसके मन में कुछ था तो सिर्फ नफरत।

चुम्बक के दो ध्रुव टूट गए और इस बार रवि की ओर से गुस्से और बदले के दो नए ध्रुव थे। टूट गई दोनो की दोस्ती अलग हो गई एक जोड़ी जो कभी एक दूसरे की पसंद हुआ करते थे। रवि के दिल की नफरत धीरे धीरे बदले के भावना में बदल गई थी। उसे दिन रात बस एक ही बात सताती सुमित से बदला लेने की। कहते है की बदले का वायरस ऐसी लाइलाज बीमारी है जो रिश्ते, प्यार, दोस्ती, वफादारी सबकुछ खत्म कर देता है। इस वायरस की वैक्सीन कभी कोई बना ही नही पाया या यूं कहूं

की बनाने का प्रयास ही नही किया।

रवि बदला लेने की हर हद को पर करने को तैयार था। वोसुमित को मार देने तक को तैयार था। वो तरह तरह की योजनाएं बनाता और सोचता कैसे वोसुमित को दुख में रोता देख सके,और कैसे उसे देखकर अपनी हसी के फव्वारे से अपनी नफरत की आग को ठंडा कर सके। एक दिन वह पिस्तौल लेकर सुमित के पास गया।

10

सुमित रवि को देखते ही उसे गले लगाने को दौड़ पड़ा तभी रवि ने सुमित को मार डाला इससे पहले सुमित कुछ बोलता रवि की पिस्तौल बोल चुकी थी। विजयी मुस्कान और हाथों में पिस्तौल उसे किसी क्रांतिकारी की शक्ल दे रही थी। आज वह ओलंपिक में स्वर्ण पदक जीत कर आया हो ऐसा महसूस कर रहा था। सुमित को उसी की जान ने गोली मारी थी। आखिर चला गया एक जिंदादिल इंसान जिसकी रवि की अदालत में पेशी तक न हो सकी। सुमित को मारकर वो वही बैठ गया। कुछ देर में पुलिस ने रवि को गिरफ्तार किया और लेकर जाने लगी तब भी उसके चेहरे की मुस्कान तनिक भी कम नहीं हुई। रवि को अदालत में पेश किया गया।

"क्या तुमने ही सुमित की हत्या की है? जज ने पूछा

"जी हां मायलॉर्ड।" रवि ने गर्व से कहा

"क्या तुम्हे अपनी सफाई में कुछ कहना है।" जज ने एक बार फिर रवि से पूछा।

"जी नहीं मायलॉर्ड मुझे कुछ नही कहना।" रवि ने प्रतिउत्तर में कहा।

जज ने अपना फैसला सुनाते हुए कहा " आरोपी ने अपना अपराध कुबूल किया है और उसे अपनी सफाई में कुछ पेश नही करना है इसीलिए यह अदालत आरोपी को दफा 302 के तहत पांच साल के कारावास की सजा सुनाती है।"

जेल में जाते ही रवि को कैदी नंबर 264 के बैच के साथ दो बर्तन और एक कंबल मिला। उसे जिस कमरे में रखा गया वहां एक बूढ़ा पहले से रहता था। बड़े बड़े बाल और नाखून, मटमैले कपड़े देखते ही रवि को वो

पागल लगा। वो उसके साथ रहना नही चाहता था पर जेल में शिकायतों का कोई स्थान नहीं होता इसीलिए उसको मजबूरन उसी के साथ रहना पड़ रहा था।

11

उस बूढ़े को देख कर ही रवि मुंह फेर लेता। कुछ दिन तक तो रवि को वहां अच्छा लगा क्योंकि बदला लेने की खुशी जेल में जाने पर कम नहीं हुई थी। पर खुशी चाहे कितनी ही बड़ी क्यों न हो कुछ दिनो बाद उसका रस समाप्त हो ही जाता है। अब अगले कुछ दिनों में ही वह जेल के उकता गया और परेशान हो गया। न ही रवि का वहां मन लगता और न ही उसका समय कटता। मरता क्या न करता? यह सोचकर वह बूढ़े से बात करने की कोशिश करने लगा। और जब दो लोग जो समय बिताने के लिए बात करते हैं वह घनिष्ठ हो ही जाते हैं। वैसे ही रवि और वह बूढ़ा अब कई कई घण्टे बात करते ।

"मैं रवि हूँ ।आप से कुछ पूछना है? यदि आप बुरा न मानें ?"

''मेरा नाम विवेक है। बिल्कुल पूछो।'' बूढ़े ने कहा !

आप अपने आप को थोड़ा अच्छा लुक क्यों नहीं देते ? मेरा मतलब साफ-सुथरा रहने से है। रवि ने कहा

देखो रवि मैं तुम्हारे इस सवाल और सारे सवालों के जवाब दूंगा पर तुम्हे इस के लिए एक खेल खेलना पड़ेगा ।' बूढ़े ने गंभीरता से रवि से कहा।

"हाँ हाँ बिल्कुल उसमें क्या है? इस बहाने थोड़ा समय भी व्यतीत होगा ।" रवि सहमति में बोला|

"अच्छा वहाँ किनारे पर दो किताबें रखी है उनमें से कोई भी एक ला दो ।"

रवि को लगा अरे। काम ही कराना था तो ऐसे ही करा लेते ये खेल का नाटक करने की क्या जरूरत थी ? बेमन से बेचारा किताब लेने गया जहाँ एक किताब बिल्कुल नई थी तो दूसरी फटी-पुरानी । रवि ने झट से नई किताब उठाई और बूढ़े को दे दिया ।

"तुमने यह किताब क्यों उठाई ?" विवेक ने पूछा

" मुझे यह अच्छी लगी क्योकि दूसरी पुरानी थी।" रवि जबाव दिया

बूढ़े ने दिखाया कि नई किताब कोरी थी। अब तुम्हे अपने प्रश्न का उत्तर मिला ? बुढ़ामुस्कुराते हुए बोला।

"नहीं, मुझे कुछ समझ नहीं आया।' रवि हैरानी पूर्वक कहा ।देखो जो ऊपर से साफ, नया या बहुत अधिक आकर्षक लगता है जरूरी नहीं कि वह अंदर से उतना ही अच्छा हो । कुछ बाहर से बहुत भरे दिखते है पर असल में अंदर से खोखले | तो पहचान करो तो गुणों की और अच्छाइयों की न कि कपड़ो और सुन्दरता की।" बूढ़े ने समझाया | रवि बिल्कुल शिद्दत से उनकी बातें सुनता रहा । वह तो उसे पागल समझता था पर वह तो बहुत समझदार था।

'मैं बिल्कुल समझ गया | अब से मैं भी ऐसा ही करूँगा । रवि ने कहा

" हाँ ये तुम्हारी जिंदगी में बहुत काम आएगी। बूढ़े ने नसीहत देते हुआ कहा।

अब रवि भी उस बूढे के अपने साथ ही रहता और बातें करता । शायद बूढ़े को भी रवि का साथ अच्छा लगा। वह भी रवि के साथ रहकर अच्छा महसूस करता। रवि और वह बूढ़ा अब साथ ही खाना खाते, और साथ ही रहते।

12

एक दिन रवि उदास बैठा था | बिल्कुल शान्त ऐसे कि जैसे रात में सूना मकान होता है।

'क्या बात है रवि ? आज बड़ा उदास है ? घर की याद आ रही है ? बूढे ने रवि पर सवालों की बौछार कर दी ।

अरे! बस बस आराम से एक साथ इतने सवाल? रवि बोला अच्छा चलो एक एक कर जबाब दो | बूढ़े ने रवि से कहा

मैं उदास नहीं हूँ पर आज खुद को अकेला महसूस कर रहा हूँ। ना माँ बाप न ही कोई यार, ना मेरा प्यार कोई भी मेरा नहीं है। मैं जाने क्यूँ आज विचारों के चक्रव्यूह में फंस सा गया हूं।और अभिमन्यु की ही तरह निकल पाने में खुद को असमर्थ पा रहा हूं।

अरे इतनी सी बात .... बूढ़ा आगे कुछ कहना चाहता था पर

यहइतनी सी बात नहीं है, यह अन्दर ही अन्दर मुझे तोड़ रही है "रवि बात काटते हुए लगभग गुस्से से बोला

हाँ हाँ पर पहले मेरी पूरी बात तो सुनो | बूढ़ा बोला

हाँ बोलिए...... अब आप | रबि चिड़चिड़ाते हुए बोला

जरा मेरे पास आओ और आते वक्त वोकम्बल लेकर आना रवि ने ठीक वैसा किया और कम्बल लेकर बूढ़े के पास गया।

बूढे ने कम्बल से रवि के हाथों और पैरों को बाँध दिया

" ये क्या कर रहे है आप?" रवि घबराते हुए बोला।

तुम एक मिनट रुको सब समझ आ जाएगा बूढ़े ने कहा और उसकी नाक बंद कर दी जिससे रवि सांस न ले सके पर वह मुँह से सांस ले सकता

था। अब अपना हाथ खोल के देखो

" नहीं नहीं खुल पा रहा।" रवि बोला

और जोर लगाओ खुलेगा।

नही खुल पा रहा मै अपनी पूरी ताकत लगा चुका हूं। रवि ने फिर कहा।

कैसा लग रहा है? बूढ़े ने पूछा

थोडा अलग पर बहुत ज्यादा नही। रवि बोला और जैसे ही रवि की बात खत्म हुई बूढ़े ने उसका मुँह भी दबा दिया । अब रवि साँस भी नहीं ले पा रहा था |

रवि छटपटाने लगा वह तड़पने लगा बार बार बूढ़े को रोकने का असफल प्रयास करने लगा । थोड़ी ही देर में अचानक उसने कंबल में बंधे अपने हाथ खोल लिए और तुरंत बूढ़े से हाथ हटवाया और जोर से साँसे लेने लगा ।

क्यों समझ गए ? बूढ़े ने कहा

क्या समझे बेवकूफ कहीं के अभी मैं मर जाता तो ? रवि गुस्से से बोला अरे तुम मुझे गलत समझ रहे हो रवि । बूढ़े ने समझाया मैं सब समझ गया तुम मुझे खेल में मार डालने वाले थे। रवि ने लम्बी लम्बी साँस लेते कहा |

रुको मैं ही समझाता हूँ।

"देखो अक्सर जब भी हम किसी काम को करते हैं पूरी लगन निष्ठा और दिल से करते हैं तो कोई न कोई न कोई रास्ता निकल ही आता है और अगर जरा-सी भी बेईमानी की तो सफलता कभी मिल ही नहीं सकती "

तो यहाँ इस बात का क्या लेना-देना ? रवि ने पूछा

जब मैंने सिर्फ तुम्हारी नाक बंद की तुमने हाथ खोलने का

प्रयास किया पर बेईमानी की क्योंकि तुम साँस ले पा रहे थे पर जब मैंने तुम्हारा मुंह भी बंद किया और तुम सांस नहीं ले पा रहे थे तो तुमने वही काम पूरी लगन से किया और तुमने हाथों को खोल लिया।

पर एक बात मुझे अभी समझ नहीं आई ? रवि बोला

हाँ हाँ पूछो | बूढ़े ने कहा

इस सब का मेरे उदास होने से क्या सम्बन्ध?

अच्छा आओ एक और खेल खेलते हैं। बूढ़े ने कहा

अरे रहने दीजिए- मुझे सीधा जबाब दीजिए खेल फिर कभी। रवि ने हाथ जोड़ते हुए कहा ।

अच्छा तो सुनो उदासी में अक्सर लोग उससे निकलने की बजाय उसके बारे में सोचते रहते हैं। अभिमन्यु की तरह उसमें जाते हैं और फंस कर रह जाते है। पर यदि अर्जुन की तरह एक प्रयास यदि वो निकलने की करते तो आज उदास ही नहीं होते। तुम अकेला महसूस कर रहे हो और उदास हो पर यदि आँख उठाकर मुझे देखते और बातें करते तो तुम उससे बाहर आ जाते | अब समझे...... बूढ़े ने समझाया।

हाँ हाँ समझ गया । और मैंने आपको बहुत कुछ बोल दिया गुस्से में मुझे माफ करिएगा। रवि ने अफसोस जाहिर किया।

कोई बात नही | बूढ़े ने उसे माफ कर दिया। बातों में मशगूल रवि को उसी वक्त पहरेदार ने आवाज दी कि तुमसे मिलने कोई आया है।

13

बड़ी हैरत में पड़ गया कि आखिर उससे मिलने जेल में कौन आया है? रवि को पहरेदार बाहर लेकर गए।

अरे! जीवन काका आप ? आप यहाँ कैसे रवि ने विस्मय से कहा|

"आज तुमसे मिलने का मन हुआ सो चला आया | और हाँ तुम्हारी पैरोल के कागज भी लाया हूँ ।जीवन काका ने कहा

मुझे नहीं जाना यहाँ से बाहर | आखिर कौन है मेरा ? क्या सुख था मुझे बाहर रहने में जो फिर से बाहर जाऊँ । रवि ने निराशा के भाव में कहा।

अरे चलो तो तुम अकेले नहीं हो रवि | तुम्हारी माँ ने मुझे भेजा है तुम्हे लाने के लिए | जीवन काका ने समझाते हुए कहा |

क्या सच में माँ ने मुझे माफ कर दिया ? रवि बोला।

हाँ रवि मैं सच बोल रहा हूँ भला मैं तुमसे झूठ क्यों बोलूंगा | काका आप बस दो मिनिट रुकिए मैं बस अभी आया ।

हां मैं बाहर तुम्हारा इंतजार करता हूँ। कहकर जीवन काका बाहर चले गए।

चले गए। रवि बहुत खुशी-खुशी अन्दर गया।

क्या बात है रवि अचानक से तुम्हारी सारी उदासी एक बेहद ही खूबसूरत मुस्कान में बदल गई । बड़े ने उत्सुकता से पूछा आज मैं बहुत खुश हूँ | विवेक मुझे मेरी माँ ने माफ कर दिया और तो और मुझे बाहर निकलवाने जीवन काका को भी भेजा है। रवि बहुत अधिक प्रसन्नता से होता ।

अरे वाह इससे अच्छा कुछ नहीं हो सकता | बुढ़े ने कहा | हाँ सच में ये मेरे सपने के सच होने जैसा है। चलो अब बात करना छोड़ो और जाओ भी। बढ़ने कहा हाँ हाँ मैं अभी जाता हूँ और पन्द्रह दिन में वापस आऊँगा तब तक आप अपना ख्याल रखना । रवि ने खुशी-खुशी कहा हाँ ठीक है अब जाओ भी | रवि से अधिक खुश तो बुदालग

रहा एखाथा । जीवन काका के साथ सारीकागजी कार्यवाही पूरी करने के बाद रवि जैल से बाहर गया। उसे बाहर की दुनिया देखने की कोई

ख्वाहिश नहीं थी वह तो बस अपनी माँ से मिलने का सोचकर

रोमांचित हो रहा था । वह हर उस पल के बारे में सोच था कि जब वह माँ से मिलेगा तो क्या बातें करेगा ? वह कैसे अपनी माँ से मिलेगा क्या करेगा। और भी बहुत कुछ सोचते थे वह घर पहुँच गया |

माँ......माँ...... रवि ने घर पहुंचने के साथ बड़ी ही बेचैनी से पुकारा | रूको जरा बैठो रवि तुम्हारी माँ अभी बाजार गई है बस आती ही होंगी। मैं तुम्हारे लिए चाय लेकर आती हूँ। कमला काकी ने कहा और अन्दर रसोई में चाय बनाने चली गई।

रवि का मन चाय में तो क्या अमृत में नहीं था वह तो केवल अपनी माँ से मिलना से मिलना चाहता था। कुछ देर तक रवि बैठा रहा फिर काकी से बोला

'माँ कब गई है। काफी देर हो गई माँ नहीं आई ?

अभी थोड़ी देर पहले गई हैं बस आती ही होगी । काकी ने कहा। जरूर वो बादाम लेने गई होंगी उन्हें पता है मुझे उनके हाथ के बादाम के लड्डू बहुत पसंद है। रवि ने काकी से कहा

हाँ ......शायद | काकी ने कहा

मैने कितनी बार समझाया है मत परेशान हो पर माँ मेरी सुनती कहाँ है? वह तो बना के ही शान्त होती है और ज्यादा बोलता हूँ तो गुस्सा करती है।

रवि की यह बात सुनते ही कमला काकी की आँखों में आँसू आ गए।

अरे क्या हुआ काकी आप क्यों रो रही है? रवि ने पूछा?

रवि देखो तुम उदास न होना पर अब वोतुम्हेलडूनही खिला पाएँगी। जीवन काका ने कहा

उसमे उदास होने की होने की बात क्या है काका? और भला माँ मुझे लड्डू क्यों न खिला पाएगी। रवि ने आश्चर्य से पूछा।

अब उनकी उम्र हो गई है बेटा अब उनसे काम नहीं किया जाता इसीलिए बोल रहा हूं। जीवन काका ने सफाई दी।

हां ये बात तो सही है काका इसीलिए तो समझाता हूं पर वो मेरी सुनती ही नही है। रवि कहते कहते रुक गया...

और उसकी नजर अन्दर पलंग पर गई वहाँ कोई लेटा था और रवि ने उसके पैर की पायल को पहचान लिया और माँ.......मां......पुकारने लगा

काकी माँ तो अन्दर सो रही है और आप कह रही है कि माँ बाजार गई है। काकी से कहता हुआ रवि सीधा अंदर जाने लगा |

14

रवि.... रवि.... काकी के रोकने से पहले ही वह अन्दर चला गया|

माँ......माँ.... तूने मुझे माफ कर दिया | आज मैं बहुत खुश हूँ |

रवि लगातार बोलता ही जा रहा जैसे कोई किताब पढ़ता है ठीक वैसे ही उसने जो कुछ सोचा था की मां से कहेगा वोसबकुछ एक सांस में बोलता ही जा रहा था।

तू कुछ बोल क्यूनही रही है मां कहते हुए चादर हटाई तो रवि के पैरों तले की जमीन खिसक गई। वो सुन्न हो गया क्योंकि वहाँ विजया का निष्प्राण शरीर था। विजया की आत्मा अपना देह त्याग कर चुकी थी।

कमला काकी और जीवन काका भी रोने लगे और रवि तो

मानो खुद ही निष्प्राण हो गया | उसकी सारी खुशी सारी उत्सुकता उस एक पल में खत्म हो गई। वह तो बेचारा कई ख्वाब लेकर माँ से मिलने आया था और उसके सारे ख्वाब टूट कर बिखर गए |

पर रवि तनिक भी न रोया शायद इस दुख का आघात इतना बड़ा था कि वह संभल ही न पाया। या यूं कहूं की वो इसे झेल ही नही सका और एक दफा फिर टूट कर बिखर गया।

जीवन काका ने रवि को सारी बात बताई। कैसे उसकी माँ आखरी वक्त में उसे याद कर रही थी।

रवि ने अपनी माँ का अंतिम संस्कार किया। और चुपचाप सामान लेकर जाने लगा।

कहाँ जा रहे हो रवि ? जीवन काका ने पूछा रवि ने कोई जवाब नहीं दिया और चला गया । जीवन काका ने दोबारा आवाज नहीं दी क्योंकि

वो समझ रहे थे कि रवि अब रुकने वाला नही है।

अरे ! यह क्या रवि पन्द्रह दिन का बोल के तुम तो आज ही आ गए? क्या हुआ ? बूढ़ा आश्चर्य से बोला |

रवि ने कोई जवाब नहीं दिया ।

बताओ रवि क्या कहा माँ ने? बूढ़े की उत्सुकता बढ़ती जा रही थी ।

15

"चलिए एक खेल में आपको खिलाता हूँ।" रवि ने कहा

"अरे! यह क्या तुम तो मेरा खेल मुझे पर आजमाने लगे। पर चलो खेलते हैं।" बूढे ने झट से कहा

"चलो विवेक मैं तुम्हे एक कहानी सुनाता हूँ।" और उसके बाद तुम्हे खुद ही अपना जवाब मिल जाएगा।

"एक गाँव में एक किसान था। अपनी साधारण और सरल जीवन में जीता वह बेहद खुश रहता । वह किसान जो कुछ अनाज व सब्जियाँ उगाता उससे अपना और अपने परिवार का पेट पालता और जो कुछ भी शेष बचता तो उसे बाजार में बेच कर कुछ पैसे पा जाता था। एक दिन जब किसान खेत में काम कर रहा था तभी उसका हल किसी चीज से टकराया वह जरा ठहर कर देखने लगा तो उसे लोहे का एक बक्सा मिला जिसमें कोई कागज था। किसान ने से देखा तो वह किसी नक्शे के जैसा था वह जल्दी से घर आया और नक्शे को देखते हुए सोचने लगा कि कहीं यह किसी पुराने खजाने का रास्ता तो नहीं। किसान का मन अचानक से उस खजाने की लालच से भर गया वह उस नक्शे को समझने की कोशिश करने लगा | अब वह मेहनत से भागने लगा उसे लगने लगा जैसे खजाना उसे मिल गया है। वह किसान अब न तो खेत पर जाता और न ही वह पहले के जैसा खुश रहता। वह दिन रात बस उस खजाने के ख्वाब देखने लगा। एक दिन बहुत मेहनत के बाद उसने उस नक्शे को समझ लिया और उस नक्शे के रास्ते पर चलने लगा। आखिरकार उसने उस खजाने को खोज लिया। उसे लोहे का एक और बक्सा मिला उसने झट से वह

बक्सा खोला । उस बक्से में एक जहरीला साँप था | और उसके डसने की वजह से वह किसान मर जाता है।"

तो बताओ समझ गए मैं क्यों जल्दी आ गया? रवि ने बूढ़े से पूछा

नही रवि तुमने जो कहा मुझे उससे मेरे प्रश्न का उत्तर मुझे नहीं मिला। बूढ़े ने रवि से कहा।

मुझे आपसे यह उम्मीद नहीं थी। आज तो आप अपने ही खेल में हार गए। रवि ने कहा।

हो गया तुम्हारा, ठीक है मैं हार गया। चलो अब तो बताओ | मुझसे रहा नहीं जा रहा ।' बूढ़े ने कहा।

मेरी माँ मर गई है।कुछ पल के लिए चारों ओर सन्नाटा था। दोनो मौन थे बस दोनों की आँखे बोल रही थी। वो आँसू थम ही नहीं पा रहे थे. मानो वो कुछ पल की शान्ति और मौन विजया के लिए श्रद्धांजलि थी।

कुछ देर में रवि ने ही बात बढ़ाई और बोला जिस खुशी से मैं माँ से मिलने को गया था, वह सारी बातें जो मुझे माँ से कहनी थी | वह सारे ख्वाब जो मैने सजाए थे तो सब माँ की मौत ने मुझसे छीन लिए ।

कोई बात नही रवि संभालो खुद को बूढ़े ने दिलासा दिया

नहीं नहीं. मैं बिल्कुल संभला हुआ हूँ। मैं जरा भी परेशान नहीं हूँ। रवि ने कहा

रवि ने कहा जरूर उसके मन के भीतर के अकेलेपन की कोई थाह नहीं थी।

16

रवि की जिंदगी जो कि जेल में थोड़ी पटरी पर आई थी पर इस नए घटनाक्रम ने एक बार फिर उसे पटरी से बेदखल कर दिया। रवि अपने उस अकेलेपन में खुश था पर एक उम्मीद की किरण से उसने सपनों की नयी दुनिया देखी पर सपने अक्सर टूट जाया करते हैं और रह जाती है निराशा जो किसी हसते खेलते इंसान की मुस्कान छीन लेता है और रवि तो वैसे ही टूटा हुआ था।

रवि की आशाएँ और ख्वाब एक दूफा फिर टूट गए। वो एकदम अकेला रहने लगा | अब वह बूढे के साथ भी बात नही करता | बूढे के किसी खेल में वो भाग लेता ही नहीं। वह हर बार किसी न किसी बहाने बात टाल देता | बूढ़ा रवि की इस हालत से परेशान था पर वह कुछ कर भी नहीं सकता था। ऐसा करते-करते कई महीने बीत गए पर रवि ज्यों का त्यों था उसकी हालत में न ही कोई सुधार था और न ही वह सुधरना चाहता था। इस सब के लिए रवि दोषी भी नही था अरे जिसके सपनों की दुनिया इतनी बेदर्दी से उजड़ी हो उसकी हालत कैसे ठीक हो सकती है। आखिर कुछ महीनों का मरहम जिंदगी के गहरे घावों को तो नही भर सकते |

रवि. सुनो तुमको पता है आज क्या हुआ ? बूढ़ा बोला

नहीं! पर मुझे नहीं जानना । रवि ने कहा

बूढ़ा चुप हो गया वह बहुत कुछ कहना चाहता था पर कह नहीं पाया।

सात महीने का लम्बा वक्त बीतने को था पर रवि मानो किसी साँस लेती हुई लाश की तरह था। वह न तो किसी से मिलता और न ही किसी

से बातें करता। कभी-कभी तो वह दिन भर कोने में पड़ा रहता न तो खाता और न ही उस कोने से उठता | जिंदगी के सितम रवि को तोड़ चुके थे जैसे किसी के खिलौने के टूटने के बाद उसे कोने में फेंक दिया जाता है ठीक वैसे ही रवि भी खुद को कोने में धकेल चुका था।

रवि की इस हालत पर यदि कोई शायर लिखता तो वो कुछ यूँ लिखता

'टूटे खिलौनों को मैनेबेमोल होते देखा है।

खूबसूरत शहरों को मैंने उजड़ते हुए देखा है।

देखे है हमने जिंदगी के सितम ऐसे भी

हसते खेलते इंसान को मैंने टूटते हुए भी देखा है।

सच में रवि की हालत और हालात दोनो ही बेहद बुरे दौर से गुजर रहे थे। एक वक्त को उसके पास सबकुछ था और दूसरे ही पल वह सबकुछ खो चुका था। एक समय उसके पास जिंदगी भी थी और जीने की वजह भी पर पलक झपकते ही अगले पल उसके पास जिंदगी तो थी पर जीने की वजह नहीं ।

कुछ दिनों बाद बूढे की सजा समाप्त हो गई । वह बाहर जाने को लेकर खुश तो था पर रवि को लेकर परेशान भी था।

रवि....आज मेरी सजा पूरी हो गई और मैं घर जा रहा हूँ ।

तो मैं क्या करूँ? रवि ने बड़ी ही बेरुखी से कहा

बूढ़ा चुपचाप वहाँ से चला गया। पर रवि को जरा भी फर्क नहीं पड़ा क्योंकि उसके मन में भावनाएँ उसी दिन जल गई जब माँ की चिता को आग दी थी।

वह बूढ़ा जेल के बाहर भी रवि की फिक्र में रहता | एक दिन उसने जेल जाकर रवि से मिलने की ठानी। रवि चुपचाप कोने में बैठा हुआ था पर तभी पहरेदार आया...

चल तेरे से मिलने कोई आया है। पहरेदार जोर से बोला

"मुझे नहीं मिलना किसी से।" रवि ने जवाब में कहा |

जितना बोला उतना कर चल चुपचाप नही तो अभी दो उन्हें मार के लेकर जाऊँगा। पहरेदार धमकी भरे स्वर में बोला । मन मार के रवि बाहर गया और बूढ़े को देखते ही आगबबूला हो गया। और रवि कैसे हो? और ये क्या हाल बना रखा है अपना इतने गंदे कपडे और ये बड़े-बड़े बाल और

दाढ़ी ? बूढ़े ने सवाल किया तो तुम ये देखने आए हो ? रवि ने को कहा

नहीं रवि मैं तो बस तुमसे मिलने आ गया । बूढ़ा बोला

क्यों? मुझे किसी से नहीं मिलना, मैं जा रहा हूँ। रवि ने तल्ख लहजे में कहा

अरे! सुनो तो सही। मुझे बस तुमसे पाँच मिनट चाहिए |

हाँ जल्दी बोलो | रवि ने बेमन से कहा

तुम्हे पता है मुझे जेल क्यों हुई थी ? बूढ़े ने पूछा

17

नहीं। मुझे कैसे पता होगा? रवि ने ताना मारते हुए कहा

अच्छा मैं ही सुनाता हूं ऐसा कहकर बूढ़ा अपनी जेल जाने की घटना रवि को सुनाने लगा

" तुम जानते हो रवि में भी बिल्कुल तुम्हारी ही तरह सामान्य जिंदगी जीता था। घर में मम्मी-पापा और मेरी छोटी बहन थी | हमारी एक छोटी सी दुनिया थी और हम सब इस दुनिया में बेहद खुश थे । पर एक दिन मेरे पिता पर चोरी का झूठा इल्जाम लगा कर उन्हें नौकरी से निकाल दिया क्योंकि बेईमानी के एक काम में वो अपने सेठ का साथ नहीं दे रहे थे। हमारी उस दुनिया पर दुख के तुफान आने लगे। घर पर पैसे की कमी होने लगी। पिता को कोई नहीं देता था और मेरी उम्र कम होने के कारण लोग मुझे नौकरी देने को तैयार ही न थे। कई दिनों तक ऐसा चलता रहा। मेरा पूरा घर दाने-दाने को तरसता कई-कई दिन तक हम आधा पेट भोजन करते कुछ कुछ दिन तो हमें भूखा ही सोना पड़ता | मेरे पिता उन हालातों में मजबूर थे पर शायद कुछ कर न पाने का दुःख झेल न सके और इस दुनिया को अलविदा कह दिया। सारे घर में की जिम्मेदारी मेरे ऊपर आ गई थी।

फिर क्या हुआ ? रवि जिसे बात करने में कोई रुचि नहीं थी अचानक वह भी उस बूढ़े की बात को ध्यान से सुनने लगा |

फिर मेरे पिता के जाने के दुःख में मेरी माँ बीमार रहने लगी। अब तो मेरे घर में दाने के साथ दवा की भी जरूरत थी पर वक्त ऐसा था कि हमें कुछ भी नहीं मिलता। एक दिन जब मेरी मम्मी की हालत बहुत बिगड़

गई मैंने सबसे मदद मांगी पर कोई मदद करने को तैयार नहीं हुआ | मजबूरन मैने चोरी की और पकड़ा गया। मुझे जेल भेज दिया गया जिस दिन में जेल आया उसकी अगली शाम ही दवा की कमी और भूखे से बिलख-बिलख कर मेरी मम्मी की मौत हो गई......

मुझे नहीं पता था विवेक तुमने अपनी जिंदगी में यह सब झेला है। तुम्हारा दर्द मेरे दुःख के सामने बहुत बड़ा है। रवि अफसोस जताते हुए बोला ।

रवि यही तुम्हे में कब से समझा रहा हूँ। सबसे के पास दुख और कष्ट है तुम कहीं अलग नहीं हो | जिंदगी किसी को सिर्फ सुख ही सुख या दुख ही दुख नहीं देती। सबकी जिंदगी में सुख के साथ दुख भी हैं।

समय खत्म होते ही पहरेदार ने दोनों को अलग करके रवि को वापस से उसको उसके जेल के कमरे में डाल दिया । अभी बूढे और रवि को ढेर सारी बातें करनी थी पर पहरेदार ने सारी बातों पर पूर्णविराम लगा दिया । पर इस आधी-अधूरी बातचीत ने रवि की निराशा और दुखों के गहरे तूफानों के बीच उम्मीदों की एक शान्ति लेकर आई थी। एक लम्बे अरसे के बाद रवि उस बात को लेकर सोच रहा था कि ऐसे कब तक चलेगा ? निराशा के दलदल में कबतक फंसा रहूंगा ? शायद विवेक भी इतने दुःखो को सहने के बाद निराश तो हुआ होगा पर उसने न कुछ किया होगा ? अरे । यह पहरेदार को मिनट रुक जाता तो मुझे सब पता चल गया होता । इन सब उधेड़बुन में रवि उलझ गया था क्योंकि एक लंबे वक्त के बाद उसने ये सब सोच था। रवि के मन में एक जिज्ञासा ने जन्म ले लिया था कि आखिर उसके बाद बूढ़े ने क्या किया ?

18

आखिर कुछ हफ्तों में ही रवि सामान्य हो गया। एक दिन अखबार पढ़ते हुए रवि का ध्यान एक खबर पर पड़ा जिसे पढ़ कर वह रोने लगा। दरअसल विवेक की मौत हो गई थी। उसे किसी लड़की ने गाड़ी चढ़ा दी थी जिसके कारण मौके पर ही उसकी दर्दनाक मौत हो गई ।

रवि अपने सवाल के जगत के लिए जिस पर निर्भर या वह बूढ़ा अब दुनिया में नहीं रहा कभी-अभी रवि इस सब या आधी खुद को मानत्म क्योंकि उसकी जिंदगी में आएसमी अब रवि के सवाल राखि जवाब तक कभी पहुँच नहीं सकते थे पर तभी रवि को विवेक की छोटी बहन का ध्यान आया उसे लगता कि शायद वह कुछ जानती होगी।

एक साल बाद रवि की सजा भी पूरी हो गई । वह जेल से बाहर आते ही पूढे की छोटी बहन की तलाश में निकल पड़ा। पर इतने बड़े शहर में उसकी छोटी बहन को खोजना आसान नहीं था। रवि की तमाम मेहनत और मशक्कत के बाद भी उसे बूढ़े की बहन का कोई सुराग तक नहीं मिला। एक परेशानी यह भी थी कि उसने न तो कभी बूढ़े की छोटी बहन को देखा था और न ही उसे उसका नाम पता था। पर रवि अपने सवाल का जबाब चाहता था और उसके लिए हर मशक्कत करने तैयार था।

इस खोज में काफी वक्त में गुजारने के बाद रवि ने अपनी तलाश को रोक दिया। और आगे अपनी जिन्दगी में कुछ करने के बारे में सोचने लगा । क्योंकि उसे जीने के लिए पैसे की भी जरूरत थी। अब रवि भी नौकरी की तलाश करने लगा था | एक समस्या ये भी थी की उसके जेल में रहने की बात सुन के कोई उसे अपने यहाँ काम पर रखने को तैयार

ही नहीं था । बेचारा रवि दिन भर काम की तलाश में मारा-मारा फिरता। आखिरकार उसे एक दिन एक भले इन्सान ने नौकरी पर रख लिया।रवि उसकी दुकान में डिलेवरीबॉय की नौकरी करने लगा। काम करते-करते उसे पैसे की आमदनी होने लगी तो उसके उसने सामान्य सा ही सही पर एक घर घरीदा | और रवि की जिन्दगी की गाड़ी एक दफा फिर पटरी पर आ गई। पर उससे पहले भी मैं कह चुका हूँ कि जिंदगी में अगर सब कुछ आसानी से चलने लगा तो यह जिंदगी ही क्यों कहलाएगी।

19

एक दिन रवि को डिलेवरी का आर्डर मिला और वह झटपट सारा सामान लेकर चल पड़ा। रवि घर के बाहर पहुँचा और डोरबेल बजाई तो एक नौकर ने दरवाजा खोला और उसके हाथ से सामान ले लिया। रवि लौटने के लिए पीछे मुड़ता उससे पहले ही उसकी नजर सामने दीवार पर लगी तस्वीर पर पड़ी वह तस्वीर शिवम की थी।

सुनो भाई । रवि ने नौकर से कहा।

हाँ बोलो क्या हुआ ? नौकर ने प्रत्युत्तर में कहा।

तुम जरा अपने साहब को बुला दोगे ? रवि ने पूछा।

क्यों भाई तुम कहाँ के कलेक्टर हो जो तुम्हे साहब से मिलना है ? नौकर ने रवि का मजाक उड़ाते कहा।

मैं कोई कलेक्टर नहीं हूँ। बस तुम उनसे कहना रवि आपसे मिलना चाहता है। रवि ने शान्ति से कहा।

नौकर गया और अपने मालिक से बोला “साहब कोई डिलेवरीबॉय “आपसे मिलने आया है।

अरे, तो उसे भगा दो। क्या तुमको लगता की कोई भी मुंह उठा के चला आएगा और तुम उसे मुझसे मिलाते रहोगे? शिवम बोला।

मैने भगाया था साहब पर वह बोला आप उसे जानते हैं और बोला बस कह देना रवि आपसे मिलना चाहता है।

अच्छा तो रवि भईया आए हैं। ऐसा करो उन्हें बैठाओ मैं अभी आता हूँ।

नौकर ने रवि से कहा बँटिए आप यहाँ बैठिए, साहब बस आ रहे हैं।

रवि, शिवम के घर के ठाठ-बाठ देख कर दंग था। संगमरमर की फर्श, दीवारों पर महंगी –पेंटिंग, किसी राजा के सिंहासन जैसा सोफा, रात में दिन का प्रकाश देने वाली लाइट रवि सब देख ही रहा था तभी दूसरा नौकर चाय और पानी लेकर आया । रवि ने पानी पिया और चाय वापस कर दी।

तभी शिवम आ गया "अरे ! रवि भईया आप ? आज आप यहाँ कैसे । शिवम बोला।

एक दुकान में डिलेवरीबॉय का काम करता हूँ शिवम | यहीं तुम्हारे घर में कुछ सामान लेकर आया था तुम्हारी तस्वीर देखी तो सोचा तुमसे मिल लूँ ।

बहुत अच्छा किया रवि भईया आप रुक गए। मैं बहुत खुश हूँ। में प्रसन्नता जाहिर करते हुए कहा।

अरे अजय तुमने भईया को चाय नहीं दी क्या ? शिवम ने अपने नौकर को आवाज दी।

नही.. नहीं शिवम वह चाय लाया था पर मैंने ही नहीं पी दरअसल मैं चाय नहीं पीता। रवि ने शिवम को सममाया

और बताइए भईया आप कैसे हैं? कितने साल बाद मिले हैं आप।

मैं तो ठीक हूँ शिवम, पर तुम्हे देख कर लगता है बहुत बड़े पद हो । रवि ने शिवम से पूछा।

हाँ भईयारेल्वे में प्रशासन संभालता हूँ। और यह सब जो भी आप देख रहे हैं सब सरकार ने दिया है।

बहुत बढ़िया शिवम आखिर तुमने अपना लक्ष्य पाही लिया और आदित्य कहाँ है? वो क्या करता है ?

भईया आदित्य भी आईएएस की परीक्षा निकाल के क्लेक्टर हो गया है म०प्र० में । शिवम ने कहा

अरे वाह तुम दोनों ने तो कमाल ही कर दिया। रवि बोला

शिवम ने रवि को अपना पूरा घर दिखाया और खूब सारी

बातें की भईया कितने साल बाद हम मिले अगर आदित्य और सुमितभईया भी यहाँ होते तो कितना अच्छा होता ।। रवि को लगा जैसे शिवम को सुमित के बारे में कुछ भी नही पता था ।

हाँ सच कह रहे हो शिवम । रवि ने बेमन से कहा

भईया आइए मैं आपको सबसे मस्त वीडियो दिखाता हूँ | जब आप घर गए थे ना तब हम सबने खूब मस्ती की थी। मैने आपको दिखाने के लिए ही विडियो बनाया था। शिवम ऐसा बोलते हुए शिवम ने वीडियो शुरू कर दिया। खूब चहल पहल और हंसी-मजाक के दौर में रवि एक दृश्य देख कर शान्त हो गया और सुन्न सा पड़ गया | शिवम के हाथ से मोबाइल छीन कर बार बार उसे देखने लगा।

क्या हुआ भईया ? क्या हुआ ? शिवम हड़बड़ा गया ।

नहीं कुछ नहीं शिवम तुम रेल्वे में अफसर हो न मेरा एक काम करोगे ? रवि ने पूछा

हाँ.. हाँ.. भईया ये कोई पूछने की बात है। शिवम ने कहा

तुम मेरे लिए एक टिकट करवा दोगे आज की मुझे अपनी पुरानी कंपनी जाना है। रवि एकदम परेशान लग रहा था।

हाँ जरूर भईया पर हुआ क्या आप यह तो बताइए ?

अभी समय नहीं है शिवम में तुम्हें आकर सब बताऊँगा पर तुम जल्दी से टिकट का पता करो ना | रवि बोला

शिवम ने झट से किसी को फोन किया और ड्राइवर को
कार निकालने के लिए बोला। दोनो कार से स्टेशन पहुँचे
और ट्रेन से रवि निकल गया।

20

अगली सुबह रवि स्टेशन से मेट्रो पकड़कर कंपनी पहुँचा और मेघा की तलाश करने लगा | मेघा अब कंपनी की असिस्टेंट मैनेजर थी। इन सालों में एक वक्त ने एक बदलाव और दिखाया मेघा की शादी हो चुकी थी | उसकी डेस्क पर मेघा, उसके पति और दो छोटे- बच्चों की तस्वीर थी। जिसे देखते ही रवि समझ गया कि शायद सच में मेघा ने मुझे कभी नहीं चाहा।

मेघा पहले से बिल्कुल अलग लग रही थी। उसे चश्मा लगने लगा था और वह जरा सी मोटी भी लगने लगी थीं । लेकिन रवि आज भी उसे देखकर खुश हो गया आखिर उसकी पहली और आखरीमोहब्बत थी मेघा।

मेघा पहचाना मुझे में रवि! रवि की आँख में आँसू थे

हाँ मैं पहचान गई तुमको कैसे भूलसकती हूँ। मेरे बर्थडे के बाद से आज दिखे हो। मेघा ने तंज कसा।

मुझे माफ कर दो मेघा । रवि ने अफसोस जताया।

हाँ हाँ माफ किया । पर आज अचानक यहाँ कैसे ? मेघा ने रवि से पूछा।

बताता हूँ पर जरा तुम मेरे साथ बाहर चलोगी? रवि ने मेघा से पूछा।

मेघा और रवि दोनो एक कॉफीशॉप में आ गए।

अब बताओ क्या बात है ? मेघा ने फिर रवि से पूछा

मेघा याद करो मैनेतुम्हे तुम्हारे बर्थडे पर तुम्हेप्रपोज

किया था ।

हाँ तो उसका क्या । मेघा में बीच में बात काटते हुए बोली

यहाँ जब मैनेतुम्हेप्रप्नोज किया तब तुमने तो मुझे ना बोलकर सुमित से अपने प्यार का इजहार किया था।

और उसके बाद से तुम वहाँ से चले गए और सीधा आज दिख रहे हो । मेघा फिर बीच में बोलने लगी।

हाँ बिल्कुल सही पर अब तुम ये वीडियो देखो इसमें तुम शिवम, आदित्य और सुमित को राखी बाँध रही हो यह सब क्या चल रहा है? पहले तुमने उसे प्रयोज किया और फिर राखी यह क्या खेल है । रवि ने परेशान स्वर में पूछा।

रवि तुम समझ ही नही पाए । सुमित और में दोनों एक ही स्कूल और क्लास से पढ़े हैं।

हाँ तो इसका राखी और प्रपोज से क्या लेना देना। अब रवि बीच में बात काटते हुए बोला |

मेघा और रवि एक दूसरे से बात करने इतने बेताब हो रहे थे कि किसी को बोलने ही नहीं दे रहे थे ।

हाँ बता ही तो रही हूं पर तुम बताने को तब ना । मेघा ने शिकायत की।

अच्छा बताओ अब कुछ नही कहूंगा। रवि ने कहा

"सुमित और में बचपन से एक साथ ही थे । फिर हम दोनों की नौकरी भी एक साथ लग गई । एक दिन सुमित ने मुझे बताया कि तुमने मुझे पसंद किया और अगले ही दिन मैं तुमसे मिलने आई मुझे भी तुम बहुत पसंद आए। फिर मैं और सुमित दोनों ने तुम्हें खुश करने का एक प्लान बनाया और मेरा बर्थडे नहीं होते हुए भी मनाया गया। सुमित ने ही शिवम से वह आइडियातुम्हे दिलवाया। और उसी ने ऐसा प्लान किया कि सीधा हां करने से बेहतर मैं यह सब करूँ और फिर तुम्हे मैं प्रपोज करते हुए अपनी रिंग दूँ पर तुम तो ऐसे गायब हुए जैसे गधे के सर से सींग। सुमित का यह प्लान तुम्हारी खुशियों को बढ़ाने के लिए था।

रवि ने माथा पकड़ लिया और पूछा कि जो सुमित ने माँ से कहा।

अरे! सुमित ने कुछ नही कहा मैं वहीं थी तुम्हारी माँ ने तुम्हारे बारे में पूछा तभी सुमित ने कहा कि पिता से हुई नोक झोक के बाद तुम उसे

नहीं दिखे और तुम्हारी माँ ने फ़ोन रख दिया।

रवि की हालत ऐसी हो गई मानो उसे साँप सूंघ गया हो। उसकी आँखो के सामने सामने बार-बार सुमित का निरापराध चेहरा और गोली चलाते हुए उसकी विजयी मुस्कान किसी फिल्म की तरह चलने लगी। वह अपराधबोध के दलदल में फंस गया। रवि को आज एहसास हो रहा था कि वह कितना गलत था सुमित के बारे में। तभी अचानक रवि को एक बार और सवाल का जबाब में गया कि जिसे वो शहरों में तलाश करता है फिर रहा था उस बूढ़े की छोटी बहन और कोई नही वही कार ड्राइवर थी। जिससे उसकी मौत हुई थी। शायद उसने भी अपने भाई को परखने में वही गलती की थी जैसी गलती सुमित को परखने में की।

मेघा से सारी सच्चाई सुनने के बाद रवि की आंखों पर बंधी पूर्वाग्रह की पट्टी निकल चुकी थी। आज पहली बार रवि को यह अफसोस हो रहा था की काश ! एक बार तो सुमित से बात कर लेता। रवि अब ताउम्र पश्चाताप करने को मजबूर था।

Printed by Libri Plureos GmbH in Hamburg,
Germany